농촌 어머니의 마음

농촌 어머니의 마음

초판발행일 | 2018년 6월 30일

지은이 | 김순복
펴낸곳 | 도서출판 황금알
펴낸이 | 金永馥
주간 | 김영탁
편집실장 | 조경숙
표지디자인 | 칼라박스
주소 | 03088 서울시 종로구 이화장2길 29-3, 104호(동숭동)
전화 | 02)2275-9171
팩스 | 02)2275-9172
이메일 | tibet21@hanmail.net
홈페이지 | http://goldegg21.com
출판등록 | 2003년 03월 26일(제300-2003-230호)

값은 뒤표지에 있습니다.

ISBN 979-11-89205-03-4-03810

해남 농부화가 김순복의 그림과 시

농촌 어머니의 마음

황금알

고추따기

여섯 살 연필을 쥐기 시작할 때부터
그림 그리기를 좋아했습니다. 나를 낳을 때,
아버지께서 전매청에 인부로 취직하신 일이 기뻐서
복 많은 아이라고 이름을 '순복'이라고 지어주셨답니다.
엄마는 작은 가게를 열어 장사를 하시고
가족과 나는 신작로 가에 살았는데,
길 건너 논밭이 있어
봄이면 누런 밀밭을 하염없이 바라보곤 했습니다.
세상의 색채에 감동하고 형상이 마음속에 사무쳐서,
그림을 그리지 않고 못 배기는
천성이 시작된 어린 날의 기억입니다.
내 마음을 이해받기에는
어려운 환경과 세월을 지나며,
나는 끊임없이 소망 하나를 품고
힘을 얻으며 살아왔습니다.
괴로움이며 치열한 나의 상상이
책이 된다면,
얼마나 좋을까 하는 나의 꿈이 이루어졌습니다.
저만의 이야기와 그림으로 세상에 나와서
행복이 무엇인지 들려드리고 싶습니다.
이 시화집을 도와주신 행촌문화재단 김동국 이사장님과
이승미 관장님 그리고 김영탁 시인께
깊이 고개 숙여 보은의 마음으로 인사 올립니다.

유월 해남에서
김순복

차 례

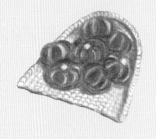

모 한 판이 쌀 한 말

봄비 오는 날

비 오는 날은 궁금한 것이
기름 냄새를 피우고 싶다
김치 썰고 파 썰어
밀가루 부침개를 부친다
옆집 아짐이 주신 국산 밀가루
향기로운 냄새는
학교 갔다 비 맞고 돌아오는
아이들에게 대환영이다
실컷 먹고 배부르면
아늑해지는 빗소리
밖을 내다보니
자두나무에 하얀 꽃이 핀다

씨앗 봉지

귀에 대고 흔들어 보면
햇빛 부서지는 소리
바람 흩어지는 소리
농부의 땅에서 배추 무우 크는 소리

잘 가꿔진 채소가 그대로 밭에서
썩는 것을 보았다
못 팔린 채 농부의 헛고생이 된
바보 같은 채소들
씨앗이라도 남겨라

흔들어 깨워 시작하려는
농부의 귀에 들린다
계절이 몰고 오는 바람 소리
일하는 사람들의 말소리
희망 하나로 버티어 온 마음에
일어난다
일어난다

기우제

간밤에 빗방울 몇 개 뿌려 놓고
비구름이 달아났네
오기 싫은 비를 기다리다 지쳐서
아지랑이 오르는 마늘밭 흙이
바람 따라 먼지로 날으네
구름은 예사로 흘러가건만
비를 찾는 목마른 농심은
혹여 습기를 묻혀 오는지
바람 한 올조차 그냥 지나치지 않네
밝디밝은 봄 해가
희푸른 하늘을 지나는 동안
종달새는 날아올라
몹시 지저귀며 사방을 굽어보고
비는 없네
비는 없네
약 올리네

어머니! 올해는
감자금이
좋겠지요?

감자 심기

핸드폰

중국과 무역협상에
핸드폰이 앞서서 들어가면
꾸역꾸역 농산물이 들어 온다지
잘 되어도 죽어가는 농사
통 오지 않는 비에 굶어
마늘은 빈대 알인데
핸드폰 팔려면
마늘 들어오는 문을 활짝 연다지
마늘농사 이제껏 공들여
상인이 밭떼기 거래 겁내는 수확 철
마늘을 심어본들 헛일에 시름만 쌓여
울적한 마음
핸드폰 들고 마늘시세 알아보는 세상은
편리하기는 한데 좋은 줄은 모르겠다

산딸기

배 속에 아이를 뱄을 때
신 것이 먹고 싶었다
심한 입덧에
기운 한 푼 없이
기다시피 걸어와
따먹곤 하던 산딸기
입맛 돋우던 산딸기
아이는 열세 살이 되었는데
그 자리에 고만하게
넝쿨 뻗은 딸기나무
송송이 익은 산딸기
따서 먹어보니 무척
시기만 하다

새참 먹고 낮잠

점심때

마늘 캐던 아낙네들 점심때가 되었다
불볕을 가린 우산만 한 나무 밑에 앉아
먹는 밥이 시장기를 얹어 달다
흙이 내놓은 깻잎 마늘장아찌 파김치 반찬들이
들판을 누벼 온 힘의 근본이라

네 얼굴 보니 밥맛 떨어진다 면박을 주나
서로 흙에 찐 얼굴이 가소로와 한바탕 놀려대고
욕지거리하여도 욕이 아니게 들리는 건
사람으로 도량이 넓어지는 탓이다

보아라! 자연이 원하는 대로 따라 사는 여인들
버섯만 한 그늘이 고마워서 찬양하는 소리에
바람도 떠는가 말소리 잦아들고 코 고는 소리
맛있는 낮잠
눈치 없는 종달새가 쪼롱쪼롱 한낮을 울린다

추운 날

칼바람이 나뭇잎 떨구는 날
들쥐 모양으로 들어앉아도 괜찮네
거두어들인 곡식이 곳간에 쌓였는데
끼니 걱정 없이 배부르리라

안심하며 한가함을 즐길 적에
바람 타고 날아온 원금과 이자 고지서
머릿속으로 나락 가마니를 세어보네
돈은 사람 많은 곳에서 생기는 법

제멋대로인 바람을 믿다가 지은 농사
돈으로 계산하노라니
바람 소리에 우는 나뭇가지 내 마음 같고
돈 벌러 떠나고픈 생각 바깥은 몹시 추웁네

창밖을 보는 고양이

비가 올라나
눈이 올라나
바람이 불라나~

비 오는 밤

낮이면 들일에 부대끼고
밤이면 집안일에 부대끼며
텔레비전 연속극
배우 얼굴에 자식 얼굴 겹쳐 보고
덩그러니 누운 밤
빗소리 방안에 들어옵니다

함석지붕 두드리는 빗소리에
전화벨 소리 묻힐세라
귀 여겨 뒤척이는
어머니의 밤
꿈속에는 비 맞으며
밭 언저리를 걷습니다

순환

그 아짐의 집에는 텃밭이 있고
아름드리 감나무 세 그루 있네
마당 앞으로 도랑물이 흘러가고
도랑 옆에 나뭇가지 묶음
뒤안으로 돌아가면
돌로 쌓은 화덕 있고
솥이 얹혀져 솥에는
항상 무언인가를 끓이네

그 아짐의 집에서는
솥에서 나물을 삶아 장에 내다 팔고
화덕 속에 온갖 허접나뭇가지 들어가네
깻대 콩대도 좋은 땔감
도랑 따라 하수 빠져나가고
측간의 오물은 감나무 밑 거름 되네
텃밭에 재가 뿌려져 싱싱한 채소가 자라는
그 아짐의 집

ksb

봄배추 심기

일월

온종일 봄동을 캐고 다듬는다
성근 눈밭 사이로 파릇한 봄동을 캔다
겨울에 이만한 소득이 어디냐고
시린 손 부지런히 놀리면 몸이 덥다
어릴 적부터 캐던 냉이 쑥
평생의 무수한 꿈처럼 가득한 봄동
땅은 세월과 더불어 하나도 늙지 않는다
겨울바람에 언 잎을 떼어내고 다듬어
봉지에 담으면 금방 촌티를 벗는 푸성귀
해가 지고 땅보다 조금 높은 방에 누워
지나간 하루와 다가오는 날을 생각한다
땅에 마음껏 몸을 뉘이고
평생의 삶이 땅에서 이루어짐을 생각한다

지나가는 비

지당 아주머니 오줌소태 걸렸다
파란 하늘에 실한 구름이 떠다닌다
가문 밭에 콩나무가 목이 탄다

지당 아주머니 호밋자루 내 던지고 콩밭에 앉았다
구름도 못 참고 쏟아진다
콩나무가 좋아서 춤을 춘다
시원---하다

추석

논밭에 사람이 많아졌다
객지에 나갔던 자식들이
삽 들고 흙을 판다
흙빛 같은 부모님 곁에
허여멀건 한 자식들이
보내준 쌀에 고추에 참기름에
편한 밥 먹다가
늙어 힘 부치는 부모를 돕는다
이런 고생 배울 필요 없다 하며
뼈 빠지게 농사져서 자식 뒷바라지한
앞집 뒷집 늙은이들만 남은 농촌
힘 부쳐서 품앗이도 못 해
이제 너희들만 기다린다
삽 잡고 흙을 파라
흙은 사람이 하자는 대로 가만히 있다
스스로 몸을 낮춰 너그럽게
씨앗이 드는 대로 품어 준다
마늘을 심자 마늘을 얻기 위해
땀을 심자 귀한 보람을 얻기 위해
추석 때는 날씨도 선선하고
너희들도 오고 일하기 참 좋구나

아~가을이다!
생선 달리는 나무는
어디에?

감나무와 고양이

쉼 없이 일해주는

자연 덕에

고만 고만 ~~

살아가지라 ~~~

ksb

고추 말리기

되살이

금이야 옥이야 키운 것들
큰 호박도 버리고
속 꽉 찬 배추도 버리고
고추 희나리를 한 자루씩 버린다
농사꾼은 버릴 줄도 알아야 한다며
상한 것들 풀숲에 버린다
아픔의 기억을 먹고 자라나는 풀
무성하다
썩은 것 위에 꽃이 피고 열매 맺고
아름다운 일이다

예쁜 여자

보인다
주름투성이 얼굴 속에
굽은 허리 몸매 속에
서리맞은 머리칼에
어여쁜 여자
자식 낳아 기르고
남편 뒷바라지 하고
농사일에 돌아설 새 없이
늙어가는 어머니
속에는 예쁜 여자 들어 있다
할머니 소리가 당연하여도
예쁘다는 말은 듣고 싶다
화장품 토닥토닥 바르는 것 보면
립스틱 곱게 바르는 것 보면
아름다운 여자다
세상을 환하게 하는 예쁜 여자다

쑥대밭

쑥 농사를 짓는 이가 있다
언뜻 보면 쉬울 것 같다
쑥은 아무 데서나 크고
밟아도 크고
가뭄도 태풍도 이겨내니까
그런데 쑥 농사를 지으려면
쑥만 크는 것이 아니다
바랭이도 크고
쇠비름도 크고
명아주도 크고
쑥 아닌 것은 다 잡초로 여긴다
만약에 바랭이만 키우려면
쑥이 웬수가 되고
쑥은 쑥대밭이 그리워 울 것이다

쑥밭 매기

"오늘 날씨
참 좋겠네요잉~"

"밭 주인네 맘씨가
고운께 날을 잘
골라 주셨나 보요"

"하늘에 계신 아버지
감사합니다"

참견

마을 앞에 있는 밭은
사람들의 궁금 거리다
그 밭에 무엇을 심고
어떻게 자라고 열매 맺고
수확하여 돈이 얼마나 되었는지
알고 싶어 야단이다
빈 밭일 때도 궁금하다
무엇을 심으려 하는지
오가는 사람마다 묻는다
하기야 나도 남의 밭에
콩 날까 팥 날까 참견질이니
작품을 전시하듯 설명이 필요한 일
하나부터 열까지 다 보여 주어도
이 밭은 어떻고 저 밭은 어떻고
이야기를 만들고 소문이 되어
이 마을로 저 마을로 새떼같이 날아다닌다

작품

향교댁의 한 이삼백 평 되는 밭은
쳐다보기에 여간 심심치 않다
일 년 열두 달 빈자리 없이
심어져 자라는 것들
대파 배추 열무 마늘 양파
당근 감자 옥수수 고추 콩팥 깨
밭 뾰족한 가장자리에는 도라지가
여름내 하양 보라 꽃 피운다
향교댁은 날마다 밭에서 논다
재미있게 노는 것이 농사의 비결이다
호미 들고 풀 매고
낫 들고 수확하고
밭에 갈 때 주머니에 씨앗을 담아 가고
집에 갈 때 열무나 고추 따서 머리에 이고 간다
향교댁의 작품은 참 쓸모가 있구나

차가운 미인처럼

어느 사이 노란 반달이
싸늘하게 뜨는 초가을 밤입니다
사방의 산 능선이 검은 그림자로 서고
개울물에 반짝반짝 달이 비쳐 흐릅니다

반디도 숨죽이고
개구리도 숨죽이는 초가을 밤길에
홀로 걷는 발걸음이 외롭지 않은 것은
우리의 밥이 될 벼가 논마다 그득하고
시퍼렇게 살아있는 온갖 생물의 숨소리
달과 나와 당신과 마찬가지로
한세월 속에 있기 때문입니다

어느 날의 냉정한 당신처럼
높이 뜬 반달이 세상을 비춥니다
차가워도 좋은 당신
내 마음에 높이 걸렸습니다

사근사근~
낫질 하는
맛을
알랑가요?

벼베기

사회

곡식을 심어 보면 안다
씨앗이 배게 뿌려져
여럿이 크는 것은
키도 크고 탐스럽다

씨앗이 드물게 뿌려져
혼자 서 있는 것은
키도 작고 약하다

분명 혼자 넓은 땅을 차지하면
몇 배나 세력이 좋아야 될 텐데
여럿이 먹고사는
비좁은 땅에 있는 것만 못하다

사람도 그렇다
가족이 만나고
이웃이 만나고
키 재기 하고 더 먹으려 하고
부딪히고 어깨를 겨루는 사이
성장하고 큰 사람이 된다

새벽달

마늘 심기 품앗이 가는 날
새벽에 집을 나서네
열이레 금빛달이 높이 뜨고
검은 안개 자욱한 들판에
나는 어쩔 줄 모르고 서 있네
풀벌레도 조용히 숨고
멧돼지 다니는 산속 그늘
겁 많은 짐승같이 나도 무서워
자꾸만 마을이 그리워질 때
어둠 속에 들려오는
두런두런 사람들 오는 소리
반가움에 냅다 소리 지르네
"나 여기 있어요"

어머니의 훈장

버스는 왔다가 가고
언제나 그렇듯이 왔다가 가고
이제 다리가 아프온지요
송지면 마봉리로 가는 버스가
더욱이나 귀하여 그만
해남읍 정류장가에 주저앉은 어머니
주름진 거친 얼굴이
꽃 한 송이로 환해 보여요
왔다가 가도 자식은
가슴이 꽉 차게 오지던가요
모처럼 어머니날 찾아온 아들 딸 입에
반찬 걸게 밥 넣어 주려
어머니의 짐이 바구니로 가득한가요
어머니 훈장 달은 날일랑 쉬셔요
꽃송이가 온전히 붙어 있도록

시골 노부부

팔십 살 넘은 노부부가 농사를 짓네
팔십 살 넘은 영감이 경운기 운전하네
팔십 살 넘은 할멈이 마늘을 심네
비닐 사고 농약 사고
퇴비 사고 비료 사고
마늘 종자까지 사고
심는 사람도 사네
팔십 살 넘은 노부부가 농사지으면
비닐산업 농약산업
퇴비산업 비료산업 인력산업
나라의 산업이 발전하네
팔십 살 넘도록 일해야 하는 땅
이리저리 주고 나면 남는 게 없어
산업이 발전하고 부자가 되고
자동차가 고속도로 달려갈 때
팔십 살 넘은 노부부는 경운기 타고
마늘밭에 일하러 가네

수확의 기쁨

아짐 혼자 팥대를 뽑으시네
태풍에 거의 사그라졌던 것이
늦은 날이 가물어서
꼬투리 몇 개씩 달려 있네
알이 여물지 못해도
싹나고 뿌리 날 줄 아는 팥
내년에 종자라도 하게
아짐 아픈 다리 절룩이며
팥대를 뽑으시네
너른 밭 팥값이
일한 품삯이나 될까
곡식은 자식 같은 것
팥알 하나 버리시지 않네

밭에 서는
내 일 따라오기
어려울걸 ?
에휴~
삐치다 !

노익장

두더지 일꾼

대파밭 밑에 지하도 생기다
어젯밤의 터널 공사는 안골밭 3호선
지렁이 땅강아지 특산물인 고장

용전 아짐은 솔가지를 꺾어서
두더지 길에 꽂는다
길을 막으면 다른 길을 만들고
다른 길을 막으면 또 다른 길을 만들고
솔가지쯤 아랑곳없는 무허가 공사

가을 가뭄이 오래간다
대파밭에 물을 준다
두더지 길에 홍수 나다

대파밭

대파만 심었는데
대파에게 꼭 친구가 찾아온다
바랭이 명아주 쇠비름……
이 친구들은 염치가 없다
순한 대파는 못 먹고 자리가 비좁아
마른 몸에 잎이 노랗다
먹을 것을 갖다 주지만
풀은 대식가
대파 곁에서 풀을 뽑는다
씨앗을 촘촘히 달고 있다
풀은 사람의 생각보다 앞서고
훨씬 영리하다

대파 작업

정든 땅 언덕 위에

팔십 평생 보아도
이만한 님 없으니
아침에 같이 일어나고
밥상에 마주 앉고
"배추 뽑으러 가야 겄어라우"
"응 응 같이 가세"
아무 얘기나 해도 좋고
일도 같이하러 다니고
아들딸 다 키워 내보내고
걱정에 한숨도 같이 쉬고
희소식에 웃으면서 시치미 떼고
초가집에 살다가 기와집 지어 살고
마당 한켠에 꽃나무 심어
"이것 보게 자네 같이 이쁘네"
주름 가득한 얼굴로 웃고
잠깐 안 보여도 찾으러 다니는
아! 아! 귀한 님아
밤이 되니 달이 뜨네
"우리 첫날밤에 달이 저리 밝았지"

만 번 저 달이 변한다 해도
님아 잊을 수 없네
허리 굽고 삭신 아파도
"등 좀 긁어주게 아따! 거기 시원하네"
깊어 가는 밤 배부르고 등 따수운
정든 땅 언덕 위에

사이 좋은 부부

소가 닭보듯
한다고?

그랑께
천생 연분이제

부부의 일상

천성

달팽이는 배춧잎에 붙어서 한나절
개미는 왔다 갔다 바쁘기만 하네
두더지는 날마다 땅굴을 파고
까치는 감나무 사이로 날아다니네
땅을 파면 지렁이가 깜짝 놀라고
고구마 먹던 굼벵이 몸을 웅크리네
누구나 무언가와 닮아서
어떤 이는 달팽이 같고
어떤 이는 개미 같고
어떤 이는 두더지같이 사네
오늘 아침 나는 한 마리의 굼벵이
까치가 깍깍깍 노니는 소리에
몸을 웅크리고 방 안에 있네
어제는 비 오고 땅에 물이 들어도
개미는 또 일을 찾아내고
부지런히 논밭으로 다니려나
나는 달팽이 껍질을 쓰고
이것저것 궁리만 하네

농촌 여자의 힘

새벽 네 시에 일어나 밥하고 빨래하고
동트기 무섭게 산에 올라가 고사리 끊고
마늘쫑 나오기 바쁘게 끊어 내고
점심 먹으러 가다가 고추밭 살펴보고
하루라도 짬 나면 품 들러 가고
일로 늙어 아픈 삭신 펴고 걷는 품이
엉덩이 빼고 젖가슴은 내밀어
언제 몸매 반듯한 여인이었을까 싶어도
어디 가서 말 한자리 못 할 것 같아도
농촌 여자는 강하단다
흙먼지 묻은 옷은 예사롭고
뙤약볕은 자주 고운 살결을 그을리지만
손 가는 곳마다 자식을 키워 내고
농작물도 자식 키우듯이 사랑하여
제 몸이 늙는 것만 아쉬울 뿐
손발이 몇 개씩 되는 것이 원이란다
얼마나 말을 잘하는지
일 속에 자연 속에 터득한 생각이
글 한 줄 읽어 본 적 없는

농촌 여인네 입에서 드세게 쏟아진단다
웃는 소리도 거칠 것이 없고
경우에 없다면은 삿대질에 고함에
세상을 누를만한 오기가 있단다
밤낮을 일만 해도 쓰러지지 않는
질긴 어머니의 힘이란다

마늘 한가지에
풀은 열두가지
아짐! 그거
예쁜 꽃인디~
봄꽃인디~

마늘밭 김매기

허리 아픈디
앉아서 뽑지
그라요 ?

앉아서 일하믄
무릎어 더
아픈께요 잉 〜

마늘 뽑기

농부의 휴일

일이 문 열고 안 온다는
속담이 있다 하지만
비 와서 배추 심다 쫓겨 들어 온
집안에 기다리는 일거리
방안에 마른빨래 수북하고
책이며 다리미 신문지 널리고
부엌에 설거지할 그릇 많고
열린 문으로 파리 들어 와 날고
뒤안에 흙 묻은 빨래 쌓여 있고
나뭇잎 떨어져 하수구 메워지고
새끼 난 개 배 홀쭉하고
닭장 속 비 맞은 닭들 한 마리 졸고
아 아 내 몸은 천근이나 되듯이 무겁다

비닐 걷기

호박

뒹굴뒹굴 뒹굴어라 호박덩이야
밭 가장자리 심어 놓았더니
가뭄도 견디고 비도 견디어
둥글둥글 익었구나 호박덩이야
밭둑 풀 속에서 갑자기 보았지만
싯누렇게 익도록 사연도 많았겠지
오십 살이 다 되도록 익지를 못해
화풀이해댄 오늘 아침엔
내 식구들에게 미안하구나
푸짐한 엉덩이를 하늘에 대고
야하다 벌 나비는 놀리겠지만
늙은 할머니 엉덩이 너무 훌륭해
한 생애가 이리 훌륭할 수가
비 오거나 바람 불거나
둥그렇게 하루하루 견디다 보면
한 덩이 호박 같은 완성이
어느 인생을 열매 맺지 않으랴

늙은호박 따기

순한 사람

농부는 기다린다
비올 때는 맑은 날을
가물 때는 비 오는 날을
농부는 말한다 그을린 얼굴로
사람의 재주로 당하지 못하는 일을
해가 말짱하게 나오는 날에
만물이 자라고 뜻은 커지지만
장맛비 속에 갇힐 때는
자존심 한 귀퉁이씩 깎아
둥글고 순한 사람이 된다

둥근 달같이

거름을 밥으로 주고
물을 젖으로 주며
갓 나온 새싹 아기 키우듯
배추 모종 예쁘게 키워
너른 밭에 옮기고 나니
맑은 해 가을 하늘이
어린 모종 말리는구나
저녁이 오고 시원해지면
뿌리에 새 힘 주거라
초승달이 차오르듯이
아기배추야 너를 지키는
달님을 닮아 가거라

배추 심기

아름다움 속에서

쟁기질하여 새 흙이 드러난 땅
줄지어 비닐 씌운 밭두둑
애지중지 키운 배추 모종
옮겨 심어 푸르러진 밭
고추 꽃이 환히 핀 사이
파란고추 빨간고추 매달려 있고
날마다 금빛으로 변하는 벼이삭
코스모스 꽃 위의 붉은 잠자리
마늘을 막 심은 밭
한 떼의 마늘 심는 여인들
노동을 재미삼아 터지는 웃음소리
시월의 하늘에 양떼구름
밤새울수록 초롱거리는 새벽별
맑고 마른 바람이 어디서 불어오는지
방향을 보노라면
둥근 하늘 산 너울 아래
모든 것이 담겨 있다

오스 ~ 스케 는 점아였 동북 그 랜드 가가가가 ·

콩의 반란

밭 이백 평에서 콩 두 가마니 얻었다
콩 한 되에 오천 원이면 사십 킬로에 십 만원이다
석 달 동안 농사지어 이십 만원 벌었다

호미 하나 들고 품 들러 가면 오만 원 받는다
팔순 다 된 할머니도 하루에 오만 원 번다
일 할 사람이 없어 논밭에서 아우성이다

자식들 키워 도시로 보내느라 고생하고
노인들은 콩 팔아서 젊은 자식에게 돈 보내고
동트기 전에 품 들러 나간다

콩으로 메주 쑤고 청국장 띄우고
콩나물 기르고 두부 만들어 사람들 먹였는데
알알이 땀방울 같은 콩의 얼굴이 샛노래지다

헛일

들깨 한 주먹 뿌렸더니
촉이 잘 텄더냐안
파릇파릇 이파리 달고 잘 크드만은
저번 태풍이 때려부러서 자빠졌는디
그래도 들깨나무 밑둥이 살아서
졸랑졸랑 열매를 맺었드라
시월 볕에 종자라도 받으려고
낮에도 안 걸리는 쬐끄만 것을 벼서
보자기에 널어놓고
아까 낮에 밥 한술 먹을라고
집에 들어 왔더니만
갭자기 이상허게 쏙쏙이 바람이 불드라
다리도 아프고 가기 싫더라만
내 안 가봤더냐
오메! 들깨고 뭣이고
보자기까정 날아가 버렸시야
도랑 건너가서 보자기는 주워 왔다만은
하! 우섭구나 야
니 들깨 한 줌 다구
내명년에 또 심거 볼랑께

쌓인 것은 무겁다

눈이 펄펄 오는 날
마늘을 깐다
크고 좋은 놈 돈 사고서
버리기 아까운 것 먹는 알뜰한 살림
이래 봬도 찧으면 똑같은 마늘이다
사람 위에 눈이 내린다
공평한 세상을 보여주듯
전국에 눈이 내린다
약한 이들이 먼저 쓰러진다
주저앉은 비닐하우스
무너지는 집 지붕
얼어 죽는 가축과 채소
쌀값 하락에 시위하다 죽은 이의 혼
아직 이승을 떠나기 전에
눈이 쌓여 짓누른다
기름 아끼는 보일러 난방
겨우 엄동설한 면한 방에서
소쿠리 끼고 앉아 마늘을 깐다
자잘한 마늘이 쌓인다
올겨울은 유난히 춥다

팥

가을이면 나는 입술에
팥 빛 칠을 하고 싶다
선명하게 도드라진 붉은 색에
하얀 금은 고운 잇속
좀 대담한 입술로
가을이 가져온 색깔을 노래하고 싶다

가을이면 나는 깨질 듯 맑은 하늘 아래
팥 빛 옷을 입고 싶다
진하다 못해 강해진 붉은 색 옷
꼭 맞게 지어 입고
목깃으로 하얀 동정을 달고 싶다
누가 보아줄까 염려 않는 팥꽃처럼
그냥 고운 가을 여자가 되고 싶다

이 가을에 꼭꼭 여문 팥알
이 기쁨을 위해
비바람도 도왔고
슬몃슬몃 나타나던 해도 도왔느니

손바닥에 펴보고 쥐어보고
자꾸만 봐도 이뻐서
내 팥
내 팥 귀한 내 팥
마음까지 예쁜 팥색을 닮고 싶다

인동초꽃 향기

풍 년 이

왔 네 ~

풍 년 이

왔 에福 ~

ksb

농악놀이

국제적인 농사

농사로 돈 버는 것이
풍년이 들면 싸고
흉년이 들면
외국에서 들여오니 싸고
원유값 동향에
배암처럼 영리하게
비룟값 농약값 잘도 기어오른다
미국제 밀국수 먹고
중국제 보약으로 기운 내서
농사꾼도 살아 보자고
수입사료 새김질하는 소하고는
품앗이 안 하고
논둑 밭둑 풀은 귀찮기만 하고
트랙터에 경유 때서
단번에 갈아엎어
무엇이 금방 될 듯해도
문명을 누린 만큼
농사꾼도 고생하란 듯이
국제적인 얼금치에

땀이 알곡이 술술 빠져버린다
숨 쉬고 사는 것도 다행 아니냐고
먼데 들판까지 풀이라도 무성하고
꿩이며 비둘기
비리리 배쫑 우는 동박새까지
날마다 하는 소리가
굶어 죽지 않으면 다행이라고
그냥 살아보자고 한다

요것~다듬느라

한숨도 못 잤지라

잉~

새벽장

달

서산이 해를 삼킨 지 어느 사이
산 능선이 검어지고 은빛 하늘 도드라져
풀마저 뽑고 밭둑에서 일어설 제
허연 달이 마중 나왔네

너울거리는 산굽이에 감추었던지
보름 만에 나온 달아기
늦었으니 집에 가자고
서서 기다리는데
젖먹이 울음이 들리는 양
발걸음이 바빠지네

행여 도깨비불이 나온다는 골짜기에 눈이 갈세라
어둑한 산길 돌아 가로등 훤한
마을로 들어설 때
소쩍소쩍 새소리 귓가에서 멀어져도
낮빛 노래진 달아기
방문 앞까지 따라와서
고단한 하루 끝에
위로가 되었냐고 물어보네

참깨밭에서

그 시절 달밤 바닷가에서
이런 노래를 부르고는 했지
그때엔 신식인 가요였는데
동백아가씨나 섬마을 선생님
우리의 노래는 파도 따라 부풀어 가라앉고
갯바람이 달을 어루만져 물속에 잠기도록
이야기도 재미있던 금순이나 영자
몰래 쥐여주던 총각의 편지가
가슴 뛰게 하던 밤이
지금 생각하면 좋았던 것이여
내 육십 평생 흙에 묻혀
얼굴에 고랑이 깊어지지만
마음은 늘 그대로라서
스무 살 기운은 살리지 못해도
누구를 원망해 이 못난 내 청춘을 뽑아내면
서방 잃은 설움 씻기는 것 같고
굽이굽이 넘어온 길 아쉽기도 하다만
유행가에 우리 사는 것이 꼭 들어 맞잖여
훌훌 바람 타고 가는 신세 아닌가

부지런히 손은 놀리고
네가 아는 노래 불러보소
수억 개 아른대는 깨모 솎으려면
속이 없어야 하는 줄 모르게
긴 고랑 나아가는 것이니
칠월 해가 숨 막히게 뜨거워도
구성진 가락에 시름 달래다 보면
바람 한 줄기 살랑 불어오지 않는가

두륜산은 사내요 달마산은 여인이라

어느 사내가 그보다 늠름하였으리
그의 기개에 자못 놀라운지
따라오던 산맥들이 엎드리지 않았는가
한반도 끝에 온 창조주가
해남 땅 긁어다가 두꺼비집 하나 만들었는지
굽어보는 발아래 너른 들이 평평하다
소리 지르면 한 마디에 천 리나 울릴 것 같고
벌어진 어깨에 힘 한 번 주면 반도가 흔들릴 듯한데
장하구나 겸손하게 언제든지 제 자리다

어느 계집이 그보다 아리따우리
오목조목 생긴 품이 뭇 사내들 애간장 다 녹인다
흐르는 듯 풍만하고 날씬한 맵시가
창조주가 빚을 적에 땅끝 미인이라 두고 보라 하지 않았는가
철따라 옷이 사치하기도 해라
홍색 녹색 휘장 저고리에 가을이면 다홍치마다
여인네 미덕에 정조가 으뜸이라
새침하니 마음을 얻기는 어려우나
오가는 길손 알뜰히 살펴줄지는 안다

제 정 다 주고도 손잡지 못하는 두륜에게
두루뭉술 묏산들이 연모의 마음 전하는지
꽃봉오리 나무 새순 영글어 번져가고
새벽이면 실안개 나지막이 퍼지더라

고구마 캐기

소짝꿍

올 농사 풍년이라고
소쩍새가 밤새워 소리친다
잦은 비에 근심했으나
며칠 볕이 화창하여
봄 풍년은 오겠다

이삭 팬 보릿대에 알이 통통하고
장작개비 마늘대에 양분이
뿌리로 옮아갈 때
재미 좀 보게 드센 바람이나
안 오면 좋겠다

애지중지 키운 우리 마늘보다
중국 마늘이 싸고 좋단다
수입업자들 돈 벌겠지만
이제껏 공들인 농민은
마늘 돈이 되기는 될지
한숨이나 꺼지게 쉬고
천한 물건 될라 속 타는데

소쩍새는 속없이 솥이 작다고
소쩍궁 소쩍궁
우는 것만 같다

깊은 산 속 옹달샘

단비

얼마나 기다렸는지
머리 벗어지게 뜨거운 날에
한 줄금 네가 그리워
둥근 하늘 따라
내 눈이 사시가 되었다
목이 마른 건
가진 것 그뿐인 농토
일생을 자식에 걸어
자식의 목구멍에 흘려 줄
보리 마늘 감자 쌀
사람 욕심에 상관없이
악착같이 질긴 잡초들
모두가 너를
애간장 녹이며 기다렸구나
한 삼십 밀리쯤 푸근히
옥수수 맨 바람에 건들대던
보릿대 자빠뜨리지 말고
조용히 내려다오
낙숫물 떨어지니

기분이 상쾌하여
내 머리에 절로
검은 털 돋겠구나

마늘 캐는 여인

배추 담는 여인들

뻐꾸기

보리밭 누렇게 물결치는 것
용케 뻐꾸기는 알아맞히네
덕분에 낫질하는 손길이 심심치 않네

앞산 뻐꾸기하고
뒷산 뻐꾸기하고
저희들만 아는 말로
온종일 주고받네

햇살 밝은 오뉴월
무대 뒤에서 기다리던 가수가
열창할 때를 만난 듯이
뻐꾹 뻐꾹 뻐뻑꾹 뻐꾹

보리 베어 알곡 털고
씻나락 모판 물논에 옮겨 심는 날
뻐꾹 뻐꾹 뻐뻑꾹 뻐꾹

그 심사를 모를까 보냐

내 이따금 뻐꾹 뻐꾹 대답해주면
조용해 듣는 척 다시금 뻐꾸기 소리
들판 가득 울려 퍼지네

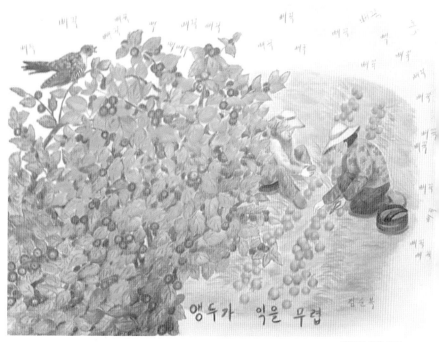

앵두가 익을 무렵

삐새

삼월이 오면
새벽에 삐--- 하고 우는 새가 있다
새는 슬픈 듯이 삐---
어두울 때 울고
어두울 때 사라지기에
새를 보지 못한다
봄에 환생하는 넋일까
외로운 여운을 두고
새벽을 파고들며 삐---
일 년 내내
목 트이기를 기다린 듯이
꿈결에 들어와서 삐---
슬픈 호소를 한다

산 밭으로 난 길

억새가 누렇게 사위는 길
스산한 바람 오르내리는 산길 섶에
화들짝 놀라 날아오르는 꿩 두 마리
조용한 지경에 꿩도 놀라고 나도 놀라고
무엇을 찾아 먹다 도망가는지
통통한 몸 더 멀리 가보려
날갯짓 파닥파닥
언 대기를 가른다

사람 손

기계화되어 기계가 일 다 할 것 같아도
농약이 개발되어
성가신 풀 다 못살 것 같아도
못 하는 일도 있지
저 눕혀진 마늘대
개수 세어 묶으려면
열 손가락 재주가 최고지

손가락 성한 할머니들
귀한 몸 되어 품 파는데
요로큼 매만지면 좋아지네
사람 손이 제일이라고

기계는 쇠붙이 닳아지고 고장 나고
쇠붙이라면 벌써 닳아졌을 손
일할수록 옹이 커지고 마디 굵어져
심고 가꾸고 보살피기를
호미 몇십 개 닳아진 만큼
새 살이 늘 돋아나고 있다

대장간

건강하기만 하면

가뭄이 쓸어가고
태풍이 쓸어가고
병이 쓸어가고
허옇게 말라죽은 농작물 보며
가을에 갚을 영농자금이
태산같이 답답하게 가로막아도
몸뚱이 하나 버티고 서서
건강하기만 하면
건강하기만 하면은
농사 내년에 잘 지으면 된단다
최후에 희망이 되는
나뭇등걸 같은 몸뚱이로
사람 목숨보다 중한 것 있더냐고
하늘 올려다보면
번개도 피하게 해주시었고
궂은 날 벗은 날 번갈아가며
사람 살리신 이치가 기막히오 만은
근심도 하마 이 몸을 상할세라
봄부터 여름 나고

소슬한 가을 문턱에서
거두어들일 것 하찮은 가실
목숨만이라도 붙은 것 감사해 하면서
건강하기만 하면
건강하기만 하면은
내년에 풍년농사 잘 지어 보리라 한다

나이 먹어도
농사 지을 수
있다는 것이
젤로 고맙지요

시레기 삶기

양파모

어린 양파모를 옮겨 심었다
눈이 와서 솜이불같이 덮였는데
좀체 눈이 녹지를 않아
얼었는지 살아 있는지
갓난아기 바깥에 잠재우는 것 같아
추운 밤이면 잠이 달아나는
농부의 겨울

에구! 힘들어라~
양파 본께
기분은 좋네~

양파 캐기

나무 심는 사람들

ksb

땅의 이름

너를 무엇으로 만들어 주랴
무슨 이름으로 만들어 주랴
투실투실 영근 고구마밭이라 하랴
속잎 쑥쑥 올라오는 배추밭이라 하랴
나풀대는 시월 마늘밭이라 하랴
한쪽에 파 한쪽에 쑥갓
당근이며 무우 밑 드는 채전이라 하랴
너에게 꿈을 심고 이름을 붙이고저
귀퉁이까지 고운 살 다듬어
씨앗 묻고 토닥토닥 하였느니
잠 깨어라 나의 식물이여
그 오랜 세월 사랑도 삭히고 분노도 삭여
가슴이 넓어진 그대
결국엔 돌아가 안겨질 품속에
사는 것에 눈물겨운 노력으로
얻어먹고자 하니 무슨 밭이라고 부르랴
열두 가지 잡초밭이라 하랴
아니 무엇이든 심으면 살찌우는 재미
옥토라 이름하랴

학위수여

호미 한가락 손에 쥐면
하루 밥벌이 충분한 칠십 살 나이
손마디에 살아온 역사가 새겨져 있는데
평생 글씨는 못 배웠어도
나도 농사짓는 학교에 다녔노라고
닳아빠진 호미 추켜들고 너스레 떠실 때
진정 가슴에 번쩍이는
학생 뱃지 달아주고 싶었소

젊은이가 밭매는 솜씨 따라가기 어렵고
하늘이 일러 주고 땅이 가르친
지혜를 어찌 얕보리오
실타래 풀 듯 인생고락 풀어낼 제
겪다 보면 삶의 완성은 흙같이 순해 보이는 것
주름투성이 몸뚱이가 쑥쑥 길러 낸 자식들 이야기면
사랑에 눈가가 젖어들 때
고달픔도 즐거운 흰머리에
반듯한 박사모 얹어 주고 싶었소

달마산에 온 밤

보름달 앞산에 뜨고
소나무 그림자 짙어
우리네 가슴 답답한 마음
달빛에 흥건히 젖어드네

한 잔 술을 마시니
바람은 고요하나 서늘한 기운
개양귀비 한련화가 달빛을 받고
할 말이 있는 듯 보라고 하네

누가 우리 마음 알아주랴만
이상은 현실에 늘 부딪히고나
세상의 하룻밤을 온통 차지하듯이
뜻은 높으나 술잔 속의 거품도 그러하네

달마산에 가까이 가면
가까운 봉우리 달 떠오르고
마음에 가까이 가면
속 깊은 곳에서 우러나는 이야기
누가 듣겠나 잠귀 밝은 밤 말고는

고추

사람 키만 한 고추나무 사이에 앉으면
숨이 콱콱 막힌다
주렁주렁 달린 고추에
태양의 독기가 내리꽂히는 한낮
전투에 나아갈 용기가 아니면
이글거리는 불덩이들을 욕심내지 말라

고추를 따다 말리는 할머니는
불볕 속이 오히려 기쁨이다
햇볕보다 시뻘건 벌거숭이들을 보아라
아마 당신들은 모를 것이다
그늘로 피해 가는 당신들은
한여름과 할머니가 해 놓은 일을

배추 절이는 날

겨울잠

서릿발 선 길을 따라오셔요
눈보라 치는 날이 더욱 따수운 곳에
늙은 호박 고아 한 양푼 죽을 쑤어
달게 나눠 먹는 재미 보셔요
월송댁 진주댁 해남댁 방안 가득 아짐들
고향 이름 불리며 나이 들지만
시집온 마을이 정든 고향땅이라
어디 간들 이곳같이 맘 편하리오
어여쁜 처녀가 애 낳고 농사짓고
메주 쑤고 김치 담고 사랑 그침이 없는
거친 손마디도 아깝지 않은 늙은 어머니 되어
논밭 들녘 휘이 돌아 눈길 가는 곳마다
발자국으로 길 낸 정든 땅에
마늘 양파 보리 눈이불 덮이는 날이
여인 되어 거울도 들여다보고
고운 옷에 깨끗이 맵시 내는 날
경로당 문 앞에 신발 그득하여
드르륵 문 열고 보면 누웠거나 앉거나
겨울이 참 좋군요

이야기 소리를 들어서 정겨운

겨울잠이 차암 편안하군요

돼지 엄마

시골 어머니

나처럼은 살지 말라 했다
땡볕에 나서는 일이나
흙먼지 일랑은 묻히지 말라 했다
농사란 못 배운 사람이나 하는 일이라고
영농자금 받아서 도시에 학교 보내고
집 얻어 장가보내고 시집보내고
너희들은 편히 살라 했다
도시로 올라가 사람 틈바구니에 끼여
자식들은 제 몫을 찾아 살아 내었다
이제 부모를 닮지 않은 하얀 얼굴에
모양 좋은 옷을 입고 날렵한 자가용 타고
일 년에 서너 번 다니러 왔다
삭신이 빠지도록 모은 쌀 고추 깨 마늘 등을 싸고도
더 싸 주고 싶은 어미에게 차마 입 벌리지 못하듯
돈도 좀 주라고 했다 노력에 따라오지 않는 돈
보기에만 좋은 도시생활에 돈은 목숨이었다
힘없이 자식이 갈 길을 생각하면
발발 떠는 손으로 농협대출을 받아도 두렵지 않았다
이자조차 못 보내서 전화할 면목도 없는 자식

마늘 캐기 고구마 캐기 배추 심기
호미 하나만 가지고 품 들어 빚도 갚아야 하고
밤에 목말라도 물 떠다 줄 이 없는 외로움에
맨숭맨숭 날밤을 새울 때가 많았다

나비야 나비야

배추밭 위에 노니는 나비야
춤추는 너의 모습이
불길하구나

나풀나풀 춤사위에
바람마저 반한 듯
숨을 멈추는구나

네가 살풋 앉은 배춧잎에
한낮을 마비시킨
목적을 이루나니

꿈틀거리는 애벌레가
이파리를 먹어 치우면
나비야 어떤 시인이 마냥
너를 좋다 하리오

성님! 점심 때 되믄
된장에 참기름에
조물조물 ~~
시금치 맛나게 무쳐오쇼

시금치 캐기

신청곡

아짐! 노래를 불러 보시요
아짐이 부르는 노래 속에
송대관이나 현철이가
마음 알아주는 것도 좋지마는
아짐이 부르는 노래 중에
진도 아리랑이 참말로 좋더라 만은
아짐이 영감 흉을 보거나 고생한 얘기
다 털어놔도 노래로 풀 때가
제일로 시원하다니깐

"너 보고 날 봐라
내가 너 따라 살것냐
금전이 없어서
내가 너 따라 산다
아리 아리랑 스리 스리랑
아리리가 났네 응~~
아라리가 났네"

"시어머니 이 년아

강짜샘을 말아라
네 아들이 엽녑한들
내 밤마실을 돌겄냐
아리 아리랑 스리 스리랑
아리리가 났네 응~~
아리리가 났네"

오메 오메! 그러니까 아짐!
그 아무것도 아닌
시어머니랑 영감이
즈그 가문에 들어왔다고
구박깨나 한 설움이
쪼깐 풀리지 않겄소 잉

나는 아짐이 청승맞은
팔자타령 할 때가 좋더라
가수가 지어서 만든 노래보다
사는 것 우러나온 소리
들으면 콧등이 찡허게 좋더라

우러라 우러라 새여

새가 운다
사람들은 운다고 하지만
노래하는 것이다
노래가 아니라면
허구한 날 목청도 좋게
울 리가 없다

한나절이 가도록
산밭에 앉아 풀 뽑는 농부도
새처럼 가슴으로 운다
울어도 슬픈 것이 아니니
노래 같기도 하고
시 같기도 하다

새하고 시인이 소리하는 것을
운다고 하는 사람은
마음이 서럽거나
노래한다고 하는 사람은
마음이 즐겁거나

사람이 들을 탓이다

자고 니러 울어대는
새하고 시인하고
다만 목청껏
제 이름을 부르며
한 철을 지낼 뿐이다

단호박 따기

농촌 어머니의 마음

자식은 모르지요
백 분의 일이나 알까 말까
깊은 사랑을 받아 누리며
햇빛만큼 당연히 여기지요
그러나 어머니의 수고는
퍼 줘도 줘도 채우지 못하는지
농사짓느라 거친 손으로
옥 같은 쌀을
루비 같은 팥을
진주 같은 콩을
땀 같은 참기름을
가슴의 선혈같이 붉은 고춧가루를
퍼 담아 주지요
자식의 입속에
핏줄에 영양분으로 주지요
어머니의 발은 자식을 따라가지 못해도
자식의 몸속에 흐르고 싶어 하죠
캄캄한 밤이 와도 어머니는 쉬지 않고
가장 큰 힘을 가진 분에게 기도하며

자식을 위하여 빌지요
어머니 어머니 불러주면
여자의 몸으로 더한 기쁨은 없기에

따수운 날